I Figli di Lir

The Children of Lir

A Celtic Legend

I Celti vissero in Gran Bretagna all'incirca a partire dal 700 a.C. Nel 300 a.C. le terre dei Celti si estendevano dall'Irlanda alla Turchia.

Le genti celtiche delle isole britanniche erano conosciute per la loro passione per il raccontare storie. Le storie del re Lir e dei suoi famigliari, che erano gli dèi del mare, vennero narrate attorno al fuoco per migliaia di anni. Lir sarebbe diventato Lear nella tragedia di Shakespeare, e il suo principale luogo di culto sarà chiamato in suo onore Leicester (Lir-cester).

I Figli di Lir è una delle "Tre Tristezze del raccontare storie", e tra tutte le leggende celtiche non ve n'è una più tenera o più tragica.

Celts lived in Britain from around 700 BC. By 300 BC the Celts' lands extended from Ireland to Turkey.

The Celtic peoples of the British Isles were well-known for their love of story-telling, stories of Lir and his Family, Gods of the Sea, have been told around the fire for thousands of years. Lir's Welsh equivalent, Llyr, became King Lear in Shakespeare's tragedy, and the principal place of his worship was named after him: Leicester (Llyr-cester).

The Children of Lir is one of the *"Three Sorrows of Storytelling"*, in all of Celtic Legend there is no more tender or tragic tale.

English Pronunciation Guide:

Tuatha Dé Danaan	*Too-ha Day Dan-aan*	*Aoife*	*Ee-fa*
Fionnuala	*Fin-oo-la*	*Bodb the Red*	*Bov the Red*
Fiacra	*Fee-ak-ra*	*Sidhe*	*Shee*
Aed	*Ay (rhymes with day)*		

First published 2003 by Mantra
5 Alexandra Grove, London N12 8NU
www.mantralingua.com

Text copyright © 2003 Dawn Casey
Illustrations copyright © 2003 Diana Mayo
Dual language text copyright © 2003 Mantra Lingua

British Library Cataloguing in Publication Data:
a catalogue record for this book is available from the British Library.

I Figli di Lir
The Children of Lir

Retold by Dawn Casey

Illustrated by Diana Mayo

Italian translation by Paola Antonioni

mantra

Ascoltate! Vi racconterò la storia dei figli di Lir.

Tanto tempo fa, quando la terra era giovane e l'aria era sempre piena di magia, viveva un re di nome Lir.

Lir era uno dei Tuha Déi Danaan, la razza divina che regnava su tutta la verde Irlanda, e sua moglie era la figlia maggiore del Gran Re.

Il cielo diede loro quattro figli: tre maschietti e una sola bambina, Finula. Finula era la più grande, poi veniva Ei, e alla fine i gemellini Fiacra e Conn. Il re amava i suoi bambini più di ogni altra cosa al mondo, e per un certo periodo furono felici.

Listen! I will tell you the story of the Children of Lir.

Long ago, when the earth was young and there was always magic in the air, there lived a king named Lir.

Lir was one of the Tuatha Dé Danaan, the divine race which ruled over all green Ireland, and his wife was the eldest daughter of the High King.

They were blessed with four children: three sons and a single daughter, Fionnuala. Fionnuala was the eldest and next came Aed, and then the young twins Fiacra and Conn. The king loved his children more than anything else in the world, and, for a while, they were happy.

Purtroppo, poco tempo dopo la nascita dei gemelli la regina
morì. Il re aveva il cuore spezzato, ma i bambini avevano bisogno
di una madre. Così Lir si sposò di nuovo, con la seconda figlia del
Gran Re, Ifa.

All'inizio Ifa era affettuosa e sempre piena di gioia e di vita.
Ma poi vide la profondità dell'amore che il re provava per i suoi
figli, e ne divenne gelosa. Il suo cuore leggero si appesantì con
l'odio, e la regina cominciò a praticare la magia nera…

But soon after the twins were born the queen died. The king was
heartbroken, but the children needed a mother. And so Lir married again,
to the High King's second daughter, Aoife.
At first Aoife was caring, and always
full of life and laughter. But she saw
how deeply Lir loved his children,
and she grew jealous. Her light
heart grew heavy with hate,
and she began to practise
dark magic…

Una mattina presto la regina svegliò i bambini, li portò, ancora assonnati, ad un lago solitario e li mandò nell'acqua a fare il bagno.

"Nuotate e giocate, miei cari!" disse, e la sua voce era dolce come il miele.

Early one morning the queen woke the children and led them, sleepy and yawning, to a lonely lake, and sent them into the water to bathe.

"Swim and play, my dears," she told them, her voice as sweet and thick as honey.

I tre ragazzi si tuffarono immediatamente, strillando e gridando, ma Finula esitò. "Vai a nuotare!" ordinò la regina, e lentamente la fanciulla si immerse.

The three boys splashed into the water at once, shrieking and shouting, but Fionnuala hesitated.

"Swim!" the queen commanded. And slowly the girl waded into the water.

Finula guardò la matrigna, e il calore abbandonò il suo corpo quando vide Ifa estrarre una bacchetta magica da druido dalle pieghe della veste.

Alzando le braccia, la regina cominciò ad intonare un incantesimo, una formula ipnotica; poi abbassò la bacchetta, toccando i bambini sulla fronte, uno per uno.

In un attimo, dove prima nuotavano Finula, Fiacra, Ei e Conn, si trovavano quattro bellissimi cigni bianchi.

Fionnuala watched her stepmother. The warmth drained from her body as she saw Aoife draw a Druid's wand from the folds of her cloak.

Raising her arms, the queen began to chant a hypnotic incantation, and she brought the wand down, touching the children, each in turn, upon the brow.

In an instant, where once Fionnuala, Fiacra, Aed and Conn had swum, there now floated four beautiful white swans.

"Figli di Lir!" Cantò Ifa, "vi maledico! Vivrete come cigni per 900 anni! Dovrete trascorrere 300 anni su questo lago, 300 sul freddo Mare d'Irlanda e gli ultimi 300 sul selvaggio Oceano Atlantico!"

I bambini erano terrorizzati e sbattevano le ali freneticamente, pregando la regina di lasciarli liberi. Ma la maga rise. "Non sarete mai liberi, finchè una regina del Sud non sposerà un re del Nord, e voi sentirete il suono della campana che annuncia una nuova fede!"

"Children of Lir!" Aoife intoned, "I curse you! You will live as swans for nine hundred years! You must spend three hundred years here on this lake, three hundred on the cold Irish Sea and the last three hundred on the wild Atlantic Ocean."

The children were terrified and beat their wings frantically, begging her to set them free. But the Sorceress only laughed. "You will never be free, until a queen from the South marries a king from the North, and you hear the sound of a bell ringing out a new faith."

"Oh, Ifa" supplicò Finula, "Non essere così crudele!"

Ifa si fermò, ricordando che una volta era stata la madre di quei bambini, e il suo duro cuore s'intenerì un poco. "Potrete cantare con le vostre voci, e la vostra canzone sarà la più dolce che il mondo abbia mai udito."

E con questo la regina fuggì dalla riva.

"Oh Aoife," Fionnuala pleaded with her stepmother, "do not be so cruel!"

Aoife paused, remembering how she had once been a mother to the children, and her hard heart softened a little. "You will be able to sing with your own voices, and your song will be the sweetest that the world has ever heard."

And with that the queen fled from the shore.

Corse dritta da suo padre, Bov il Rosso, potente re dei Tuha Déi Danaan; ma il Gran Re ebbe orrore dell'azione di sua figlia. "Ifa, figlia mia," tuonò, "che cosa hai fatto!" e la colpì con la sua bacchetta da druido. La perfida regina venne trasformata in un demone dell'aria, perché fosse travolta dai venti per l'eternità.

Ancora oggi, nelle notti di tempesta si possono sentire i suoi lamenti.

She ran straight to her father, Bodb the Red, mighty king of the Tuatha Dé Danaan. But the High King was horrified by his daughter's deed. "Aoife, my daughter," he boomed, "what have you done!" and he struck her with his Druid's wand. The treacherous queen was transformed into a Demon of the Air, to be tossed on the winds forever.

On a stormy night you can still hear her howls.

Nel frattempo il re Lir cercava dappertutto i suoi figli. Quando giunse al lago, i cigni-bambini lo chiamarono per nome; Lir udì le loro voci, ma vide soltanto quattro cigni bianchi. Allora, in un terribile momento, capì. Il re sentì le lacrime salirgli agli occhi e scendere sulle guance mentre correva ad abbracciare i suoi bambini, che però, senza braccia, non potevano rispondere alla sua stretta…

Meanwhile, King Lir searched everywhere for his children. As he came to the lake the swan-children called out his name. Lir heard his children's voices, but saw only four white swans. Then, in a terrible moment, he understood. The king felt tears come to his eyes and they rolled down his cheeks as he rushed to embrace his children, but, without arms, they could not hug him back.

Finula vide l'angoscia sul volto del padre, e per confortarlo cominciò a cantare. I suoi fratelli si unirono a lei, levando le voci al cielo.

Oh! In quella canzone c'era l'argento della luna! Era più soave di qualsiasi voce umana, e più dolce del canto di qualsiasi uccello.

Mentre il vecchio ascoltava la splendida melodia, il suo cuore spezzato si calmò.

Fionnuala saw the anguish on her father's face, and longing to comfort him, she began to sing. Her brothers joined in, lifting their voices to the skies.

Oh! The silver of the moon was in that song. It was softer than any human voice, and sweeter than any bird song.

As the old king listened to the beautiful music his broken heart was soothed.

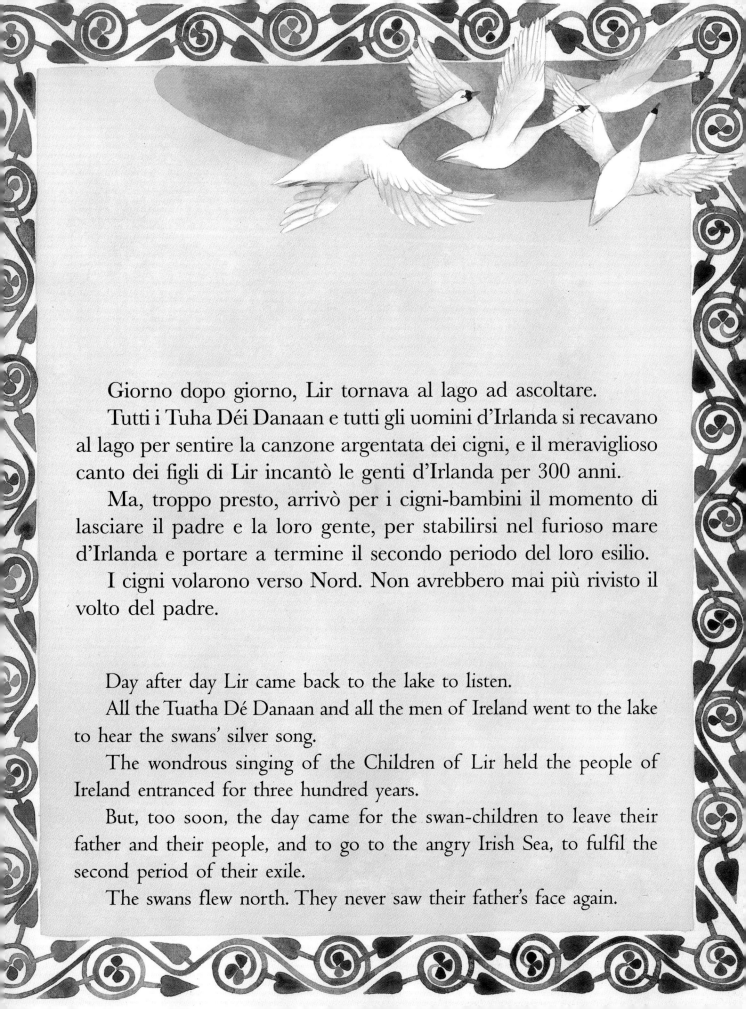

Giorno dopo giorno, Lir tornava al lago ad ascoltare.

Tutti i Tuha Déi Danaan e tutti gli uomini d'Irlanda si recavano al lago per sentire la canzone argentata dei cigni, e il meraviglioso canto dei figli di Lir incantò le genti d'Irlanda per 300 anni.

Ma, troppo presto, arrivò per i cigni-bambini il momento di lasciare il padre e la loro gente, per stabilirsi nel furioso mare d'Irlanda e portare a termine il secondo periodo del loro esilio.

I cigni volarono verso Nord. Non avrebbero mai più rivisto il volto del padre.

Day after day Lir came back to the lake to listen.

All the Tuatha Dé Danaan and all the men of Ireland went to the lake to hear the swans' silver song.

The wondrous singing of the Children of Lir held the people of Ireland entranced for three hundred years.

But, too soon, the day came for the swan-children to leave their father and their people, and to go to the angry Irish Sea, to fulfil the second period of their exile.

The swans flew north. They never saw their father's face again.

Il mare d'Irlanda è una striscia d'acqua tempestosa
tra Irlanda e Scozia. Era un mare furioso, freddo e solitario.
Non c'era nessuno che ascoltasse la canzone dei cigni.

Là il vento artico ghiacciava le loro piume, e i cigni venivano
sferzati dall'acqua gelida e spinti contro rocce aguzze.

The Irish Sea is a stormy stretch of water between Ireland and Scotland.
A fierce and freezing sea it was, and lonely. There was no one to listen to
their song.

There, arctic winds froze their feathers, and they were lashed by icy
water, dashed against cruel rocks.

Una notte ci fu una terribile tempesta: il vento urlava e mugghiava, e il tuono rimbombava con fragore; i lampi squarciavano il cielo. I cigni vennero urtati e scagliati lontano dal vento e dalle onde selvagge.

One night a terrible storm rolled in.
The wind howled and moaned, and thunderclouds groaned. Lightning tore the sky. The swan-children were buffeted and flung apart by the wild winds and waves.

Solo uno scoglio solitario, non più grande della testa di una foca, si ergeva tra le onde fragorose. Finula raggiunse faticosamente quello scoglio, e cantò per i suoi fratelli finchè anch'essi non raggiunsero la salvezza.

Le onde impetuose esplodevano contro lo scoglio, inzuppandoli con acqua fredda e pungente, e i cigni dovevano stringersi l'uno all'altro per non essere trascinati via.

Ma la sorella prese i fratelli sotto le proprie ali e li tenne vicini, Conn sotto l'ala destra e Fiacra sotto la sinistra, e Ei, l'ultimo fratello, posò la testa contro il suo petto.

Only one solitary rock, no bigger than a seal's head, rose above the crashing water. Fionnuala struggled to that rock, and sang out to her brothers until they crawled up to safety.

The pounding waves exploded against the rock drenching them with water, piercing cold, and they had to cling together to save from being washed away.

But the sister gathered her brothers under her wings and held them close, Conn under her right wing and Fiacra under her left, and the last brother, Aed, laid his head against her breast.

300 anni passarono lentamente in quel luogo desolato, ma alla fine venne il tempo di compiere l'ultima parte del loro destino.

"Dobbiamo andare sull'Atlantico," disse Finula ai suoi fratelli. "Ma mentre viaggiamo, voliamo sopra casa nostra e andiamo a trovare nostro padre!"

I cigni volarono nella notte, le loro ali bianche che battavano all'unisono e splendevano nella luce della luna.

Three hundred years passed slowly in that desolate place, but at last it was time to fulfil the third and final stage of their long enchantment.

"We must go to the Atlantic," Fionnuala said to her brothers. "But on the way, let us fly over our home and see our father."

The swans flew through the night, their wide white wings beating as one, and shining in the moonlight.

In un pallido mattino sorvolarono la terra della loro infanzia ed esaminarono il terreno, sperando di intravedere il castello del padre. Ma dove una volta era sorto lo splendido palazzo di Lir, ora non c'erano altro che ortiche ondeggianti nella brezza.

Intonando un lamento, i cigni ripartirono.

In the pale morning they flew over the land of their childhood, and scanned the ground, hoping to catch a glimpse of their father's fort. But where Lir's splendid palace had once stood, there was now nothing but nettles, blowing in the breeze. Their father was long since dead.

Keening a lament, the swans flew on.

Alla fine giunsero sulle coste dell'Atlantico, e là trovarono una piccola isola chiamata Inish Glora. Qua, finalmente, riposarono. Di nuovo sentirono il dolce bacio del sole che scaldava le loro ossa.

At last they came to the shores of the Atlantic Ocean, and there, they found a tiny island, named Inish Glora. Here, at long last, they rested. Once more they felt the gentle kiss of the sun, warming their bones.

I cigni rimasero qui, aspettando e cantando. Cantarono le antiche canzoni che conoscevano dalla loro giovinezza, e tutti gli uccelli della terra e del mare di radunarono sull'isola per ascoltare, rapiti.

The swans stayed, waiting, and singing. They sang the Old Songs they knew from their youth, and all the birds of the land and of the sea flocked to the island to listen, spellbound.

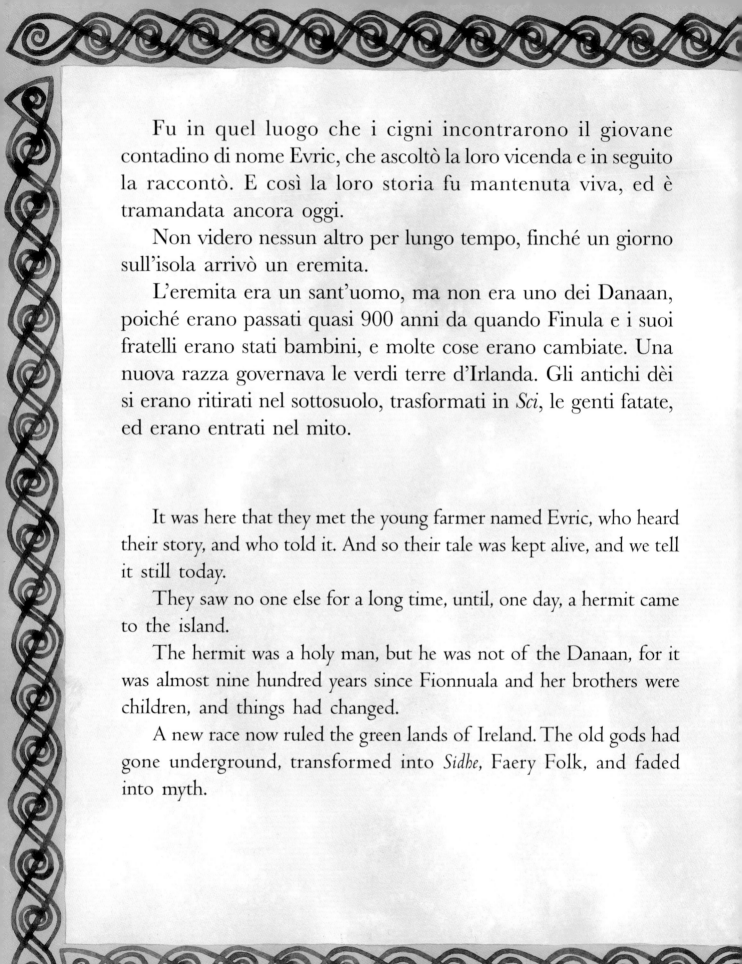

Fu in quel luogo che i cigni incontrarono il giovane contadino di nome Evric, che ascoltò la loro vicenda e in seguito la raccontò. E così la loro storia fu mantenuta viva, ed è tramandata ancora oggi.

Non videro nessun altro per lungo tempo, finché un giorno sull'isola arrivò un eremita.

L'eremita era un sant'uomo, ma non era uno dei Danaan, poiché erano passati quasi 900 anni da quando Finula e i suoi fratelli erano stati bambini, e molte cose erano cambiate. Una nuova razza governava le verdi terre d'Irlanda. Gli antichi dèi si erano ritirati nel sottosuolo, trasformati in *Sci*, le genti fatate, ed erano entrati nel mito.

It was here that they met the young farmer named Evric, who heard their story, and who told it. And so their tale was kept alive, and we tell it still today.

They saw no one else for a long time, until, one day, a hermit came to the island.

The hermit was a holy man, but he was not of the Danaan, for it was almost nine hundred years since Fionnuala and her brothers were children, and things had changed.

A new race now ruled the green lands of Ireland. The old gods had gone underground, transformed into *Sidhe*, Faery Folk, and faded into myth.

L'eremita aveva sentito parlare della leggenda dei Figli di Lir. Quando udì la loro incantevole musica si avvicinò. "Non abbiate paura," disse, "vi aiuterò."

The hermit had heard tell of the legend of the Children of Lir. When he heard their enchanting music he approached them. "Do not be afraid," he said. "I will help you."

L'eremita costruì una cappella su Inish Glora, e i Figli di Lir udirono il chiaro suono di una campana risuonare per tutta l'isola.

Nello stesso momento, in un luogo lontano, si facevano preparativi per delle nozze, perché un re del Nord avrebbe sposato una regina del Sud.

Anche la regina aveva sentito i racconti sui favolosi cigni, e volle averli per se'. Chiese dunque al novello sposo di portarglieli come dono di nozze, e lui partì per catturarli.

The hermit built a chapel on Inish Glora, and the Children of Lir heard the loud clear sound of a bell ringing, pealing out across the island.

At the same time, far away, wedding preparations were being made, for a king from the North was to marry a queen from the South.

This queen had also heard tales of the fabulous swans, and she wanted them for herself. She asked her new husband to get them for her, as a wedding gift, and so he set out to capture them.

Naturalmente l'eremita lo respinse, ma il re afferrò bruscamente
i cigni per portarseli via.

Of course the hermit refused him, but the king seized the swans
roughly, meaning to drag them away.

Nel momento in cui il re toccò i cigni l'incantesimo si ruppe.

Il piumaggio dei cigni cadde, rivelando non le radiose forme dei giovani Danaan, bensì corpi raggrinziti e devastati, vecchi di oltre 900 anni! Tre vecchi uomini e un'anziana donna. Quando le piume caddero al suolo l'ultimo alito di vita lasciò il loro corpo.

The moment the king touched the swans the spell was broken. The swans' plumage fell away, revealing, not the radiant forms of Danaan youths, but four shrivelled and wasted bodies, over nine hundred years old - three aged men and one ancient woman. As the feathers floated to the ground the last breath of life left their bodies.

"Seppelliteci insieme, in un'unica tomba." Chiese Finula. E così fu.
Finula giacque stringendo i suoi fratelli, con Conn alla sua destra,
Fiacra alla sua sinistra, e con l'ultimo fratello, Ei, che appoggiava la
testa contro il suo petto.

E così, finalmente, i figli di Lir trovarono pace. Ma l'eremita, si
dice, si rammaricò per loro fino alla fine dei suoi giorni.

"Bury us together, in one grave," Fionnuala asked.
And so it was done. Fionnuala lay holding her brothers close, with Conn
on her right, and Fiacra on her left, and the last brother, Aed, laid his head
against her breast.

And so the Children of Lir found peace at last. But the hermit, it is said,
sorrowed for them to the end of his days.